KB154762

나는 풍부 서가이 어디 엉덩이

푸른봄 문학 ㉑

나는 아무 생각이 없다

(원제 : Plus tard je serai moi)
마르탱 파주 **지음** | 배형은 **옮김**

1판 1쇄 2015년 1월 26일 | **1판 3쇄** 2016년 7월 21일
펴낸이 조기룡 | **펴낸곳** 내인생의책 | **등록번호** 제10-2315호
주소 서울시 영등포구 당산로 41길 11 SKV1 Center W동 1801호
전화 (02)335-0445 | **팩스** (02)6499-1165
전자우편 bookinmylife@naver.com
편집 이다겸 | **디자인** 안나영 김지혜 | **경영지원** 조하늘

ISBN 979-11-5723-129-4 (43860)
(CIP제어번호 : CIP2014031150)

* 책값은 뒤표지에 있습니다.
* 잘못된 책은 구입처에서 바꾸어 드립니다.

Plus tard je serai moi

나는 생각이 아무 없다

마르탱 파주 지음
배형은 옮김

내인생의책

차례

1   날마다 가꿔야 하는 정원 _ 9

2   알록달록한 포장지에 싸인 상자 _ 31

3   새로운 요법 _ 55

4   가볍고 연약한 창조물 _ 79

5   시련에서 태어나는 것 _ 101

1

날마다 가꿔야 하는 정원

중학교 생활은 잠시도 쉴 틈이 없었다. 쉬는 시간에도 인간관계에 대해 배워야 할 것이 산더미 같았다. 무리가 생기고, 우정과 적대감이 드러났다. 셀레나와 베란은 놀이에 '끼어들지 않음'으로써 이 사회적 놀이에 참여했다.

셸레나는 매주 머리 모양을 바꾼다. 자신에게 어울리는 자신만의 헤어스타일, 개성을 드러낼 수 있는 자기만의 머리 모양을 찾고 있다. 셸레나 주변 사람들은 그런 머리를 아직 찾아내지 못했다. 한동안 이것저것 시도해 보다가 대개는 포기하고 만다. 그리고 모두 똑같은 시시한 머리에 정착한다. 물론 자기에게 딱 맞는 스타일을 찾은 사람도 있다. 하지만 인간 존재의 비극으로 얼굴과 몸매는 변해 가고, 스무 살에는 환상적으로 어울렸던 머리가 쉰 살에는 괴상한 것이 되어 버리고 만다.

목요일 아침 부모님이 출근하신 뒤, 셀레나는 머리카락에 대한 연구를 한껏 느긋하게 즐겼다. 머리핀과 고무줄을 한 주먹씩 써 가며, 머리를 올려도 보고 땋아도 보았다. 그렇지만 셀레나는 자기가 외모에 신경 쓰는 중이라고는 세상이 두 쪽 나도 인정하지 않을 것이다. 셀레나는 경박한 소녀가 아니었다. 눈에 띄고 싶은 것도, 더 예뻐지고 싶은 것도 아니었다. 다만 자신의 내면을 밖으로 표현하고 싶을 뿐이었다.

셀레나는 자신을 날마다 가꿔야 하는 정원이라고 여겼다. 이를 닦고, 세수를 하고, 옷을 입는 것뿐만 아니라, 모든 것을 항상 가다듬어야 했다. 아주 사소한 것 하나까지도(양말, 스타킹, 원피스, 치마, 바지, 조끼, 외투). 물론 눈 색깔이나 머리 색깔, 키(좀 지나치게 큰 편), 툭 튀어나온 이마는 선택의 여지가 없지만 나머지는 셀레나에게 달려 있으니 죄다 망쳐 버려서는 안 된다……

때로는 셀레나도 남들처럼 옷을 입고 싶다는 유혹에 넘어갔다. 그럼 정말 편했다. 남들 눈에 띄지 않으니까. 어떨 때는 유행을 경멸하는 사람들을 흉내 내보기도 했다. 그래도 의문은 남아 있었다.

나는 대체 누구지? 어떤 스타일이 21세기 초를 살아가는 청소년의 내면 깊은 곳을 표현할 수 있을까?

머리카락으로 재주를 부리느라 지친 셀레나는 모조 거북 등껍질로 만든 핀 두 개를 골랐다. 단순하면서도 우아한 핀이었다. 핀을 꽂은 셀레나는 학교로 향했다.

"이놈의 날씨가 학교와 작당을 한 게 분명해."

베란이 말했다. 셀레나의 가장 친한 (그리고 하나뿐인) 친구인 베란은 선생님들을 포함한 학교생활 전반에 신랄한 지적을 날리는 데 일가견이 있었다. 셀레나와 베란은 수업이 시작하기를 기다리며 교정에서 어슬렁거리고 있었다. 학교 중앙 현관은 학생들이 모두들어갈 수 있을 만큼 넓지 않았다. 학생들은 밖에서기다려야 했다. 두 소녀, 셀레나와 베란의 입에서 입김이 나왔다. 따뜻한 옷을 챙겨 입지 않은 둘은 추위에 떨었다. 셀레나는 베란의 어깨에 자기 스카프를 걸쳐 주고 베란의 휠체어를 밀었다. 사실 베란은 현관에 들어가 기다릴 수 있었다. 교장인 블랭프 선생님이 베란은 특별 대우를 받을 권리가 있다고 했기 때문이다. 하지만 베란은 이를 마다했다. 그리고 만일 특별 대우를 받을 수 있다면 지루한 자연 과학 수업과 맛없는 비트나 없애 달라고 말했다. 블랭프 선생님은 킬킬 웃으며 단박에 거절했다.

묘한 느낌의 블랭프 선생님은 끝내주는 교장 선생님이었다. 사십 대인 이 신중한 선생님은 가끔 멍하니 생각에 잠겨 있었다. 이야기를 나눌 때면 진지한 얼굴로 상대를 바라보았지만, 선생님이 다른 생각을 하고 있다는 걸 느낄 수 있었다. 교장실에서 전자 기타를 연주한다는 소문도 있었다. 아무도 소리를 듣지 못하게 앰프에 헤드폰을 연결한 채로 말이다. 베란도 기타를 분명히 봤다고 했다. 학생들의 서류가 들어 있는 철제 캐비닛에 기대어져 있는 걸. 하지만 그건 지나간

시절의 추억, 그냥 기념품인지도 모른다.

"맞아, 오늘은 뭔가 작당을 한 것 같아. 우린 정말 편하게 살 날이 없구나."

셀레나가 말했다. 그리고 몸을 빨리 덥히기 위해 베란의 휠체어를 좀 더 세게 밀기 시작했다. 바퀴가 시멘트 위를 구르며 끽끽거렸다. 그러나 따뜻해지기는커녕, 속도가 붙자 바람이 한층 더 살을 에는 듯했다. 두 친구는 급식소 주방 창가 근처에서 피난할 만한 곳을 발견했다. 보일러와 오븐의 열기가 환기구로 뿜어져 나오는 곳이었다. 둘은 스튜(점심 메뉴) 냄새를 맡으며 몸을 덥혔다. 몸은 따뜻해졌지만 구역질이 났다. 수업 시작을 알리는 종소리가 울렸다.

오전에는 영어와 역사 수업이 있었다. 오전 수업을 마친 셀레나와 베란은 학교 식당의 식탁 한쪽 끝에서, 세상에 단 둘뿐인 양 함께 점심을 먹었다. 둘 다 스튜에는 거의 입을 대지 않았다. 외과 수술을 연습하기라도 하듯, 고기와 채소를 접시 위에 따로 건져 놓는 것으로 만족했다. 그보다는 디저트가 마음을 끌었다. 오늘의 디저트는 아몬드 크림을 곁들인 배 타르트였다. 둘은 점심을 다 먹고 운동장으로 갔다.

두 소녀는 2년 전 같은 반이 된 뒤로 온갖 사건을 함께 견뎌 왔다. 중학교 생활은 잠시도 쉴 틈이 없었다. 수업 시간에는 배워야 할 것이 산더미 같이 많았고, 쉬는 시간에도 인간관계에 대해 배워야 할 것이 산더미 같았다. 무리가 생기고, 우정과 적대감이 드러났다. 질투, 거만, 악의가 판을 쳤다. 셀레나와 베란은 놀이에 '끼어들지 않음'으로써 이 사회적 놀이에 참여했다. 조심스럽게 거리를 유지한 것이다. 둘은 또 다른 특이한 아이를 찾아내 자기들 편에 끼워 줄 생각이었지만, 그런 아이는 아직 한 명도 발견하지 못했다 (두 소녀와 친구가 되기 위해서는 불편한 태도, 고독함, 몽상을 즐김, 이상함 같은 장점을 하나쯤은 갖추어야 했다). 둘은 학교의 연날리기 동아리에 속해 있었다. 회원은 두 소녀 그리고 창립자이자 회장인 블랭프 교장 선생님뿐이었다. 세 사람은 매주 목요일 정오에 축구장에서 만났지만 말 한 마디 나누지 않았다. 연들이 하늘에서 부리는 곡예가 그들의 언어를 대신했다.

연날리기 동아리가 축구장을 차지하고 있을 때는 아무도 다른 활동을 할 수 없었다. 그래서 축구 팬들 모두가 셀레나와 베란을 싫어했지만, 둘은 개의치 않았다. 두 소녀의 눈에 스포츠는 뭐가 됐든 경쟁이라는 허울 아래 사디즘과 마조히즘, 고문, 모욕을 연습할 기회로 보일 뿐이었다.

셀레나가 베란의 휠체어를 밀면서 달리자, 베란은 셀레나와 함께 중국에서 주문한 부엉이 모양 연의 실을 늦추었다. 부엉이 연의 첫 비행이었다. 종이 날개가 떨면서 조금 휘자 베란이 실을 풀었고 연이 날아올랐다. 한밤의 새가 환한 대낮에 하늘을 맴도는 모습은 아름다우면서도 어딘지 불안했다. 블랭프 선생님은 자기 연을 직접 만드셨다. 선생님이 20미터쯤 뛰어가며 종이로 만든 해적 얼굴을 던져 올렸다. 바람이 연 가운데로 휘몰아들자, 해적의 코가, 뒤이어 검은 모자가 부풀어 올랐다. 연이 하늘로 올라갔다. 두 연은 나란히 날고 있었다. 마치 대화를 나누는 듯했다. 셀레나는 이런 광경은 몇 시간이고 바라만 봐도 좋을 거라고 생각했다.

수많은 다른 날들과 몹시도 비슷한 하루가 끝났다. 셀레나와 베란은 교문 앞에 열린 크리스마스 시장 근처에서 인사를 나누고, 각자 집으로 돌아갔다.

셀레나가 사는 곳은 주택도 아파트도 아닌 가게였
다. 셀레나의 부모님이 정육점이었던 가게를 사서 가
정집으로 개조했다. 가게는 넓었다. 셀레나의 방은 이
층에 있었다('냉장실'이었던 방으로, 물론 지금은 작동
하지 않는다). 부모님의 침실은 고깃덩이와 뼈를 보관
하는 창고였다. 고기를 씻던 방은 욕실이 되었다. 가
게 입구였던 곳은 부엌으로 삼아 식탁을 놓았고, 가게
뒷방은 거실로 꾸며졌다. 진열창 바깥의 격자 셔터는
내려 두었다. 부모님은 행인들이 안을 들여다보지 못

하도록, 꽃집에서 포스터를 얻어 와 진열창에 덕지덕지 붙였다. 집이라고 하기엔 진짜 머쓱했다. 구역질 나는 고기 냄새만 없었더라도 셀레나는 이곳을 그렇게까지 싫어하진 않았을 것이다. 가게를 닫은 지 십 년이 더 지났는데도 냄새는 여전히 온 벽에 스며있었다. 아침에 눈을 뜨면 가장 먼저 오래된 스테이크나 구운 돼지고기 향이 느껴졌다(냄새는 그날그날 달랐다. 가끔은 소시지 냄새도 났고 양 갈비 냄새가 난 적도 있었다). 끔찍했다. 셀레나가 고기에 걸신이라도 들렸다면 모를까. 아빠는 매일 이 방, 저 방, 방마다 돌아다니며 아로마 오일을 뿌리곤 했다(엄밀히 말하면 아무 소용없는 짓이었다). 부모님은 이곳에 적응했지만, 셀레나는 이사를 가는 것이 소원이었다. 심지어 부모님은 '제멜바이스 정육점'이라고 쓰인 간판까지 남겨 두었다. 시크하다나 뭐라나. 셀레나는 길을 뱅뱅 돌아 집에 돌아오곤 했다. 자기가 정육점이었던 곳에 산다는 사실을 아무에게도 들키고 싶지 않았다. 셀레나는 이렇게 행동하는 자신이 싫었다. 남과는 좀 다르게 살아도 당당한 자신이고 싶었다. 그러나 어쩔 수 없었다. 셀레나는 남들 눈에 띄고 싶지 않았으니까.

셀레나의 부모님은 좋은 사람들이었고 서로 사랑했다. 짜증나는 면도 있었지만, 셀레나는 부모님을 자랑스러워하는 편이었다.

예전에 셀레나는 베란과 함께 '부모님 비교하기'라는 놀이를 한 적이 있다. 베란은 자기 엄마가 공원에서 태극권을 하고 고기를 먹지 않으며, 아빠는 슈퍼히어로들의 피규어를 수집한다는 사실을 말해 주었다. 그 말을 들은 셀레나는 자기 가족이 얼마나 이상한지를 보여 주는 예로 지난 방학 이야기를 꺼냈다. 셀레나의 부모님은 스위스의 농장에서 아마추어 농부 놀이를 하면 '재충전'이 될 거라는 아이디어를 냈다. 그 덕에 셀레나는 돼지들을 씻기고 밀씨를 뿌리고 건초를 모으며 삼 주를 보냈다. 더위, 진드기, 두드러기 및 불면증(수탉이 새벽 5시면 깼다)과 사투를 벌이면서

말이다. 근데 부모님은 농부 놀이가 즐거워 죽겠다는 표정이었다.

이런 사건만 빼면 부모님은 좋은 사람들이었다. 엄마는 상업 학교에서 러시아어를 가르쳤고, 아빠는 컴퓨터 회사에서 처리 장치를 설계했다.

셀레나는 거실로 들어가 가방을 내려놓았다. 불은 꺼져 있고 덧창도 닫혀 있었다. 그러나 부모님의 외투는 분명 현관에 걸려 있었다. 뭔가 이상했다. 셀레나는 숨을 죽였다.

"얘야."

누군가가 말했다. 셀레나는 놀라 펄쩍 뛰었다. 목소리는 소파 뒤에서 들려왔다. 셀레나는 조심스레 뒤로 물러섰다. 어둠 속에서 두 사람의 형체가 보였다. 셀레나가 불을 켰다. 부모님이었다.

"뭐 하시는 거예요?"

"아빠랑 같이 널 기다리고 있었지."

"불도 안 켜고요?"

뭔가 잘못되어 가고 있었다. 셀레나는 느낄 수 있었다. 겉보기에 부모님은 보통 때와 똑같아 보였다. 평소와 같지만 센스가 살짝 부족해서 더 매력적인 차림에 (아빠는 밤색 양복에 초록색 넥타이, 엄마는 오렌지색 정장에 노란색 블라우스) 숨김없는 편안한 얼굴이었고, 눈에는 딸에 대한 사랑이 가득 차 있었다. 셀레나는 소파 맞은편 안락의자에 앉았다. 그리고 낮은 탁자 위에 놓인 쿠키(아빠표 특제 육두구 쿠키)를 집어 한 입 베어 물었다. 순간 부모님한테서 망설임이 느껴졌다. 부모님은 셀레나에게 뭔가 중요한 이야기를 하려는 것이 분명했다. 마침내 입을 연 아빠가 단도직입적으로 말했다.

"네가 예술가가 되기로 마음먹었다면, 우린 너를 밀어 주기로 했다."

아빠가 엄숙하게 선언했다.

셀레나는 평생 무슨 일을 하고 싶은지 아직 잘 몰랐고, 어떤 직업을 택할지도 전혀 감이 서지 않았다. 그리고 서두를 필요는 없었다. 그래도 셀레나는 부모님의 열린 마음을 높이 평가했다.

"고맙습니다. 멋져요."

부모님은 여전히 셀레나를 바라보고 있었다. 할 말이 더 남은 모양이었다.

"셀레나, 넌 아주 훌륭한 예술가가 될 수 있어. 넌 예민하고 영리한 데다 재능이 있으니까."

엄마가 말했다. 그걸 엄마 아빠가 어떻게 알아? 셀레나는 생각했다. 뭐, 좋아. 부모가 자녀를 신뢰한다는 건 아름다운 일이잖아. 내가 부모님을 믿을 수 있다는 사실을 알게 된다는 건 멋진 일이지. 엄마가 다시 강조했다.

"네가 모범생이라고 해서 평범한 과정을 거쳐 의사나 변호사, 교수나 비행기 조종사가 되어야만 할 필요는 없어. 넌 자유롭단다. 예술가가 될 자유가 있어."

이건 좀 참신한걸? 부모란 자녀들 중 하나쯤은 의사나 변호사가 되기를 바라기 마련인데. ……아니, 그래도 오늘은 너무 집요해.

"네가 예술가가 아닌 다른 일을 할 생각이라면 정말 속상할 것 같구나."

아빠가 말했다. 셀레나는 퍼뜩 의심이 갔다.

'지금 엄마 아빠가 나에게 뭔가 경고하고 있는 건가?'

부모님의 목소리에는 어딘지 긴장된 구석이 있었다.

"맞아, 인생을 망치게 될 거야."

엄마가 말했다.

"알았어요."

셀레나가 짧게 대답했다. 그리고 부모님을 주의 깊게 바라보며 마음이 아픈 듯 고개를 끄덕였다. 셀레나는 방으로 올라갔다.

부모님은 예술을 사랑했다. 새롭게 시작된 열정이었

다. 그 시작은 몇 달 전, 두 분의 마흔 번째 생일 직후로 거슬러 올라간다. 그 무렵은 모든 게 이상했다. 부모님은 한동안 우울한 시기를 보내고 병원에서 여러 가지 검사를 잔뜩 받았지만 걱정할 만한 것은 아무것도 나오지 않았다. 그때부터 셀레나를 온갖 미술관(미술, 춤, 사진, 영화, 수기 원고 보관소)에 데리고 다니기 시작하더니, 방이란 방마다 그리고 벽이란 벽마다 유명한 그림의 복제품을 걸었다(이를테면, 화장실에는 반 고흐 여섯 점, 냉장고 문에는 코팅한 피카소 한 점, 수건 위에는 도스토예프스키의 수기 원고 한 장이 있었고, 식탁에는 위대한 작곡가들의 얼굴이 그려진 접시가 등장했다). 아침 식사 때는 오페라를 듣기 시작했다.

셀레나는 부모님이 늘 같은 생활에서 벗어나 교양을 쌓는 것이 좋았다. 아빠는 직업 때문에 분명 그림을 그리기는 했지만, 상상력을 동원하는 그림은 아닌데다 그 재능은 단지 기술적인 것일 뿐이었다. 엄마는 러시아어를 좋아하고 완벽하게 말할 수 있지만 그

게진정으로 러시아의 문화를 이해한다는 뜻은 아니었다. 셀레나는 새로운 것을 발견하고 변화하는 부모님의 능력에 감탄했다. 예전에 부모님은 텔레비전을 보고, 라디오에서 흘러나오는 음악을 듣고, 친구들과 포커를 치는 것에 만족했다. 그러나 이제는 새로운 사람이 되었다. 셀레나가 예술가로 커주길 바라는 부모님의 마음에는 그 나름의 논리가 있었다. 두 사람은 예술의 매력을 새로이 발견한 것이다.

셀레나는 턴테이블에 킴야 도슨의 판을 올리고 부모님의 엉뚱한 바람을 베란에게 문자 메시지로 이야기했다. 답장은 오지 않았다. 셀레나는 베란이 뭐 하는 중일까 궁금했다. 베란과 24시간 내내 연결되어 있다면 좋을 텐데. 이 불안하고 불확실한 세계에서, 둘의 우정은 몇 안 되는, 안정된 것 가운데 하나였다.

불안하고 불확실한 세계에서,
둘의 우정은 몇 안 되는, 안정된 것 가운데 하나였다.

2
알록달록한 포장지에 싸인 상자

다음 날 저녁, 학교에서 돌아온 셀레나는 방 한복판에 놓인 알록달록하게 포장된 상자를 발견했다. 크리스마스는 한참 남았고, 생일은 더 한참 남았는데 말이다. 셀레나는 상자를 두고 한 바퀴 빙 돌아보았지만 감히 열어 보지 못했다.

다음 날, 셀레나와 베란은 수업에 들어가기 전 학교 복도에서 만났다. 셀레나는 학교 옆에 선 크리스마스 시장에서 산 쿠키를 베란에게 건넸다. 봉지에 가득 든 쿠키는 아직도 따끈따끈했다.

　오늘은 온종일 시험을 보는 날이었다. 둘은 시험 때문에 스트레스를 받았고, 더 나아가 스트레스를 받는다는 사실에 짜증이 나 있었다. 베란은 스트레스를 받을 만한 이유는 이미 충분하다고 말했다. 죽음이나 질병, 위기 같은 것들 말이다. 그런데 교육부가 우리

같은 존재에게 또 새로운 스트레스를 부가하다니, 비겁하고 참을 수 없는 일이었다. 셀레나도 동의했다. 늘 베란이 더 격분하기는 했지만, 둘은 비관주의와 열정 사이 어딘가에 자리한 듯한 세계관을 공유하고 있었다. 셀레나가 어제저녁 벌어진 일과 부모님의 이상한 태도에 대해 이야기했다. 베란이 보인 첫 반응에 셀레나는 짜증이 났다.

"잘 보셨네. 내가 봐도 넌 예술가 소질이 있어."

"그럴 리가. 난 글도 못 쓰고, 그림도 못 그리는걸."

"너한테는 뭔가 예술적인 끼가 있어."

베란은 눈을 반짝이며 붓을 크게 휘두르고, 바이올린 켜는 흉내를 냈다.

"말도 안 되는 소리 하지 마."

베란은 셀레나가 자기 말에 신경질이 났다는 것을 알았다. 그래서 양손을 휠체어 팔걸이에 올리고 한껏 활기차게 말했다.

"잘하면 학교에서 공부 안 해도 될지 모르잖아. 넌

운이 좋은 거야. 네가 예술가가 되면 좋겠다는 부모님 말씀은, 뭐든 해도 된다는 허락이나 마찬가지라고. 학교를 빼먹어도 되고 술이나 담배를 시작해도 돼. 백지 수표를 받은 거야! 아, 부럽다."

베란의 부모님은 엄격함의 화신이었다. 당신들의 딸은 수업이 끝나면 즉시 집에 돌아와야 했고, 하루 일정은 칼같이 지켜야 했다. 마음 내키는 대로 할 수 있는 일은 아무것도 없었다.

베란은 플루트와 호신술을 배웠고, 화요일과 목요일 저녁에는 아빠를 도와 구호 단체에서 일했다(그날은 베란이 초콜릿 바와 앨리게이터에게 줄 참치 캔을 슬쩍 집어 오는 날이었다. 앨리게이터는 베란이 키우는 고양이로, 호랑이처럼 주황색에 검은 줄무늬가 있다).

"그래, 물론 그렇지. 하지만 내가 그런 걸 하고 싶어 하는지 나도 잘 모르겠단 말이야. 예술가가 된다고? 그런 생각은 단 한 번도 안 해 봤어. 하지만 확실한 건 엄마 아빠 말대로 하고 싶지 않다는 거야. 부모님이 나를 위한답시고 세운 계획에 무조건 따를 순 없어!"

두 소녀는 혼란스러웠다. 이건 적어도 특수한 상황이었다. 베란이 말했다.

"젠장, 네 말이 맞아(베란은 잠시 생각에 잠겼다). 네가 정신적 독립을 이뤘다는 걸 진심으로 보여 주고 싶다면 학교에서 가장 뛰어난 학생이 되어야 할 거야. 정말 비극적이군."

"나는 부모님에게 반대하는 걸 내 야망으로 삼고 싶진 않아."

"네가 어떤 직업을 갖고 싶은지 정하면, 확실한 근거를 대면서 부모님을 설득할 수 있을 거야."

바로 그거야. 셀레나는 생각했다. 그렇게 하면 부모님이 더는 진로 상담 교사 흉내를 못 낼 테니 말이다.

베란은 천체물리학자가 되고 싶어 했다. 여섯 살 때부터 꿈이었고, 그 꿈을 실현하기 위해 모든 에너지와 열정을 쏟고 있었다. 셀레나는 베란이 꼭 성공하리라는 걸 알고 있었다. 일찌감치 자기 길을 찾은 데다 대단한 확신을 가진 베란이 부러웠다. 하지만 셀레나는 초조해 하지 않았다. 셀레나도 언젠가는 열정을 발견할 테니까. 부디 그날을 사람들이 기다려 주기를 바랄 뿐이었다.

둘은 좀 더 가벼운 이야기로 넘어갔다가(절망적으로 형편없는 학교 급식의 질, 연, 새로운 레코드 음반 매장의 개점 소식), 연이은 시험에 맞서 한숨과 눈 굴리기로 저항하며 하루를 보냈다.

그날 저녁, 셀레나의 부모님은 딸의 미래에 대한 이야기를 다시 꺼내지 않았다. 자러 올라가는 셀레나에게 웃음을 지으며 눈을 찡긋할 뿐이었다. 셀레나는 부모님이 자기들의 아이디어를 포기하지 않았다는 걸 알았다. 종일 수학 문제를 풀고 작문을 쓰느라 셀레나는 기운이 쏙 빠졌다. 곧장 침대로 가서 축 늘어졌다. 그러나 방 안에 감도는 고기 냄새(거위 고기 같았다)로부터 코를 보호하기 위해 이불을 얼굴까지 끌어올려야 했다.

셀레나는 자신에게 예술가 소질이 있다는 느낌이 들지 않았다. 읽기와 쓰기, 그리기, 기타 연주하기(간신히 익힌 유일한 곡, True love will find you in the end를 엉망으로 연주하는 정도이지만)를 좋아하긴 하지만, 예술을 직업으로 삼는다는 생각은 꿈에도 해 본 적이 없었다.

예술가가 되라는 부모님의 주장에, 셀레나는 오히려 평범한 직업을 택하고 싶다는 마음마저 들었다.

엄마 아빠가 웬 참견이람? 예술가가 된다는 게 무슨 의미인데? 뭐, 특별한 사람이 된 느낌이라도 드나? 웃겨.

문득 셀레나는 엄마 아빠가 의심스러워졌다. 혹시 내가 예술가가 되려는 야심이 조금이라도 있으면 혐오감을 느껴서 포기하게 만들려는 엄마 아빠의 계략인가? 그렇다면 정말 교활하고 음흉하면서도 효율적인 전략일 것이다. 하지만 엄마 아빠는 그렇게 약삭빠르지 않았다.

셀레나는 부모님이 자기를 재주 부리는 작은 원숭이로 만들어 사람들을 기절초풍하게 만들고 싶은 건 아닐까 하고 생각했다.

다음 날 저녁, 학교에서 돌아온 셀레나는 방 한복판에 놓인 알록달록하게 포장된 상자를 발견했다. 크리스마스는 한참 남았고, 생일은 더 한참 남았는데 말이다. 셀레나는 상자를 두고 한 바퀴 빙 돌아보았지만 감히 열어 보지 못했다. 셀레나는 엄마 아빠에게 설명을 요구하려고 아래층으로 내려갔다.

부모님은 거실에서 하루를 마무리하며 커피를 마시고 있었다. 두 사람은 다 알고 있다는 듯, 딸에게 미소를 지어 보였다. 그 웃음에 셀레나는 소름이 쫙 돋았다.

"이게 뭐예요?"

부모님의 얼굴에는 자랑스러운 빛이 넘쳐흘렀다. 자신감에 가득 차 있었던 것이다. 엄마가 대답했다.

"선물이란다."

"당연히 선물이겠죠. 근데 무슨 선물이냐고요."

"네 마음에 들 거다. 열어 보렴."

셀레나는 소파에 앉아 상자를 열었다. 멋진 나무 가방에 든 수채화 용구 세트였다.

"고맙습니다. 하지만 전 그림을 못 그리는데요. 붓 잡을 줄도 모른다고요."

"지금이야 그렇지. 네 예술적 욕망이 솟아오르기만 하면 다 할 수 있을 거야."

아빠가 말했다. 아빠는 예술적 욕망이 무슨 셀레나의 영혼 깊숙한 곳에 살고 있는 사자라도 되는 양 간주하는 듯 했다. 셀레나는 부모님을 내쫓아 버리고 싶었다. 그럼에도 셀레나는 예절 바르고 조심스러운 딸이었기 때문에 웃음을 지었다. 어쩐지 애처로운 웃음이었다. 부모님은 살짝 당황한 기색이었지만 좋게 넘어가려고 애썼다.

방으로 돌아온 셀레나는 커다란 도화지에 수채화를 그려 보려고 했지만, 온갖 색깔의 애매모호한 얼룩을 만드는 데 성공했을 뿐이다. 그나마 몇 분 동안은 재미있었지만, 자신이 그림에는 결코 열정을 느낄 수 없으리라는 것을 깨달았다. 셀레나는 나무 가방을 닫아 선반 위에 고이 모셔 두었다.

그 뒤로도 상황은 나아지지 않았다.

토요일, 베란과 함께 루비치의 영화를 보고 돌아온 셀레나는 동의어 사전과 만년필을 받았다.

일요일, 셀레나는 새로운 선물 상자를 발견하고 포장을 풀었다. 반짝이는 금속에 검고 견고한 플라스틱으로 만들어진, 아름답기 그지없는 카메라였다. 케이스 안쪽에는 붉은 벨벳이 덧대어 있었다. 두꺼운 사용 설명서를 보자, 셀레나는 마음이 초조해졌다. 부모님의 마음을 상하게 하지 않으려면 이 카메라에 흥미를 가져 보려고 노력해야 할까? 최악인 것은 이걸 사느라 부모님이 돈을 낭비했다는 사실이었다. 셀레나는 양말 신은 자기 발을 한쪽씩 찍어 보고, 선반과 거리의 사진도 찍었다. 위험을 무릅쓰고 침대 밑의 먼지 뭉치와 천장까지 찍었다. 멋졌다. 하지만 아니었다. 셀레나는 사진작가가 되고 싶지 않았다. 카메라는 선반 위, 수채화 도구 상자 옆에 자리 잡았다.

월요일, 베란과 도서관에서 복습을 하고 돌아온 셀레나는 새로운 상자를 발견했다. 한숨을 쉬며 침대에 앉아 포장을 풀어 보았다. 이번엔 비디오카메라였다. 엄마 아빠는 이제 내가 영화감독이 되는 모습을 보고 싶은 걸까? 수많은 단추와 표시등이 깜빡이는 비디오카메라는 훌륭한 물건이었다. 그러나 셀레나는 그걸 가지고 뭔가 창작하고 싶은 마음은 도무지 들지 않았다.

화요일, 학교에서 돌아온 셀레나는 거대한 찰흙 봉지와 조각 도구를 발견했다. 찰흙은 15킬로그램이나 되었다. 얼토당토않은 양이었다. 이 거무튀튀한 물질을 만져서 손을 더럽히다니, 상상조차 할 수 없었다. 셀레나는 봉지를 옷걸이 옆으로 치워 버렸다.

이건 거의 정신병이야. 부모님의 태도는 비정상적이고 극단적이었다. 셀레나는 엄마 아빠에게 솔직히 말하기로 마음먹었다. 부모님은 두 사람의 지정석인 소파에 앉아 연한 커피를 마시고 있었다. 그런데 한 사람이 더 있었다. 베이지색 스웨터에 치마를 입고, 입술을 새빨갛게 칠한 젊은 여자였다. 어디선가 바닐라 향이 났다.

"셀레나, 인사하렴. 페카르 부인이셔."

엄마가 소개하자, 그 여자가 일어나서 셀레나의 손을 잡았다. 바닐라 향은 '거기서' 나고 있었다.

"네 피아노 선생님이시지."

아빠가 뒤를 이었다.

아, 안 돼. 이제 그만. 안 돼, 안 돼, 안 돼!

"우리 집엔 피아노도 없잖아요."

"내일 배달될 거야."

"제 의견도 좀 물어봐 주시면 안 돼요, 네?"

"우릴 믿으렴. 넌 피아노를 사랑하게 될 거야. 그리고 피아노를 싫어할 사람이 어디 있니?"

셀레나도 가끔은 이기적이고 반항적인 사람이 되고 싶었다. 변덕도 부릴 줄 알고 화도 낼 수 있고 뻔뻔스럽게도 굴 수 있는 사람이.

바로 그 순간, 셀레나는 모든 사람을 그 자리에 내팽개치고, 거실을 나와 홀로 방에 있기를 꿈꾸었을지도 모른다. 아니면 더 나은 방법으로, 베란과 베란의 부모님에게 정치적 망명을 요청한다든가(부모님들이란 늘 유쾌하진 않지만, 다행히도 남의 자녀에겐 자기 자녀를 대할 때보다 더 쿨해지곤 한다). 그러나 셀레나는 얌전히 앉아 있었다.

페카르 부인과 부모님이 말하는 동안(작곡이니 연주회니 솔페주니) 셀레나는 연을 생각했다. 파란 하늘에 떠다니는 오색 형체들로 머릿속을 가득 채웠다.

이건 재앙이었다. 셀레나의 인생은 재앙이 되어 가고 있었다. 다음 날 아침, 셀레나는 도서관에서 베란을 만났다. 도서관은 프랑스 혁명 때 지방 귀족에게 몰수한 옛 성의 한쪽 면에 자리하고 있었다. 누구나 편안히 머무를 수 있는 밝고 따사로운 장소였다. 사람들은 덜덜거리는 낡은 기계에서 나오는 맛없는 차를 마시기도 하고, 커다란 빨간색 안락의자에 앉아 (성벽을 둘러싼 도랑과 멀리 펼쳐진 시내를 바라보고) 있기도 했고, 책상에 앉아 있기도 했다. 셀레나는 베란과 마주 보는 커다란 의자에 주저앉았다. 얼굴로 쏟아져 내린 머리칼을 쓸어 올리지도 않은 채.

"엄마 아빠 때문에 예술이라면 오만 정이 다 떨어져. 숨 좀 쉬게 내버려 두라고, 젠장."

"비디오카메라는 나한테 줘도 돼. 어때?"

베란이 짓궂게 물었다. 셀레나는 의자 깊숙이 몸을 웅크렸다. 모든 진이 쏙 빠지고 말았다.

"엄마 아빠가 나를 덜 사랑하는 대신 더 이해해 준다면……."

"예술적 야망을 실현하지 못한 어른들이 으레 그렇잖아. 자기 욕망을 자식한테 떠넘기는 거지."

아마 그 설명이 맞을 거다. 셀레나도 인정했다. 셀레나는 부모님께 맞서기 위해, 자기 마음에 드는 직업이 무엇인지 고민하기 시작했다. 하지만 아무것도 떠오르지 않았다. 셀레나는 그저 등 떠밀려 직업을 선택하고 싶지 않았다. 신문에 나오는 청소년들의 강제 결혼이 생각났다. 그건 부도덕한 일이다. 셀레나는 여유를 두고 싶었다.

셀레나는 베란에게 너처럼 나도 천체물리학자가 되겠다고 말하면 어떻겠느냐고 물었다. 사실은 아니지만 어쨌든 부모님을 진정시킬 수는 있을 것 같았다. 베란은 자기 꿈을 빌려 가도 된다고 허락해 주었다.

셀레나는 부모님께 자기 뜻을 자연스럽게 알리려
고 신경 썼다. 그래서 일단 저녁을 다 먹을 때까지 기
다렸다. 아빠는 아빠 집안 대대로 전해 오는 겨울 라
타투이를 준비했고(일반적인 라타투이 재료에 양배추를
곁들인 것), 다 함께 도니체티의 오페라 '람메르무어의
루치아'를 들었으며, 대화는 (아빠의 여동생인 클라라
고모 이야기였는데, 고모는 두개골과 뼈를 구해 집을 둘러
싼 담장에 장식할 생각이란다. 사람들에게 자기를 찾아와
서 방해하지 말라고 알려 주기 위해서다) 유쾌했다.

셀레나는 가스레인지 위에 놓인 디저트(건포도를 넣은 우유 쿠스쿠스)를 가지러 갔다. 따뜻한 냄비를 식탁 위에 올려놓은 뒤 셀레나는 빅뉴스를 전했다.

"저 천체물리학자가 되기로 했어요."

셀레나가 스트립 댄서가 되겠다고 말했어도, 부모님은 똑같은 반응을 보였을 것이다.

무겁고 긴 침묵이 이어졌다. 엄마 아빠는 자신들의 딸이 몰고 온 끔찍한 시련을 견디려는 듯 손을 꼭 맞잡았다. 얼굴에는 깊은 배신감이 떠올라 있었다. 도무지 이해할 수 없다는 표정이었다.

"하지만 넌 예술가가 되기 위해 필요한 모든 걸 갖췄어."

엄마가 눈물을 글썽이며 말했다. 아빠도 간절한 눈빛으로 말했다.

"셀레나, 그런 중대한 결정을 내리기 전에 깊이 고민해 보렴. 우리가 너를 얼마나 믿는지 알아 줬으면 좋겠구나. 우린 너보다 꽤 오랜 세월을 더 살았어. 거리를 두고 인생을 볼 줄 알지. 하찮은 과학자가 되려고 네 존재를 헐값에 팔아 치워선 안 된다. 넌 어느 누구와도 다른 영혼을 가졌어."

그럼 과학자는 영혼이 없다는 거야?

솔직히 셀레나의 수학 선생님은 세상에서 가장 둔한 사람이지만, 그게 어떤 의미를 지니는 건 아니다. 베란은 열린 마음과 시적 재능을 갖춘 과학자의 본보기 자체다. 셀레나는 생각했다. 어서, 어서 다른 걸 떠올려야 해.

"그럼 철학 선생님이 될래요."

셀레나는 부모님과 흥정을 하고 있었다. 셀레나도 알고 있었다. 아마 이게 해결책이 될 수는 없겠지만, 지금으로서는 이 방법밖에 떠오르지 않았다.

"교사는 세상의 현실에 대해 너무 몰라. 자기들 머릿속에서만 살거든. 메마르고 서글픈 사람들이지."

아빠가 말했다.

"그럼 변호사요."

"변호사는 아무것도 창조하지 못해. 다른 사람의 불행을 이용할 뿐이지. 맙소사, 넌 우리가 상상도 못한 데 빠져 버렸구나. 학교 교육이 네 깊은 인성을 왜곡해서, 고리타분하게 사리 분별이나 따지고 있도록 만든 거야?"

"그럼 의사요."

"이번에도 다른 사람들을 이용하는 일이구나. 사람들이 병에 걸리지 않으면 의사는 아무것도 아니지. 도덕심이라곤 없는 직업이야. 의사는 박테리아, 바이러스와 같은 편이란다."

아빠가 말했다. 셀레나는 손으로 얼굴을 꾹 감쌌다. 부모님은 구제불능이었다. 셀레나는 몇 년에 걸쳐 부모님을 이해하는 요령을 익혀 왔는데, 갈수록 쌍둥이를 대하는 듯한 느낌을 받았다. 20년 전부터 함께 살아온 결과, 두 사람의 성격은 뒤섞이고 말았다. 물론 조금씩 다른 점이 남아 있지만, 사고방식은 똑같았다. 셀레나가 무슨 말을 하든, 부모님은 자기들 생각에만

갇혀 있을 터였다. 그냥 자러 가는 편이 나았다.

이제 집에서도, 학교에서처럼 겉도는 기분이 들었다. 셀레나는 어딘가 다른 곳으로 훌쩍 떠나고 싶은 마음이 간절했다. 사람들이 셀레나를 이해해 주고, 셀레나 뜻대로 살도록 내버려 두는 곳으로.

최악의 문제는 셀레나가 죄책감을 느낀다는 사실이었다. 부모님이 바라는 셀레나, 부모님이 그토록 정성을 쏟고, 그토록 많은 돈을 뿌려 가며 만들고 싶어 하는 미래의 자신을 거부하는 것에.

셀레나도 가끔은 이기적이고 반항적인 사람이 되고 싶었다.

3

새로운 요법

셀레나는 옷을 다 입은 채로 침대에 누웠다. 머릿속 생각
들이 메두사의 뱀 머리카락처럼 얽히고설키도록 내버려
두었다. 부모님 때문에 새로운 의문들이 생겼다. 그렇게
부정적인 상황은 아니었다. 예술가가 된다? 하지만 예술
가란 뭐지?

셀레나의 방문이 닫히자마자, 부모님은 낮은 목소리로 다투기 시작했다. 두 사람은 초조해하고 있었다. 명확해 보이는 진단이 금세 나왔다. 우리 딸은 지나치게 안정적인 환경에서 살아왔던 것이다. 셀레나는 좋은 교육을 받았고, 배고픔도, 추위도 모르고 컸다. 게다가 사랑과 존경을 받아 마땅한 이상적인 부부를 부모로 두었다. 매력적인 부모가 함께한 덕에 셀레나는 균형 잡힌 존재가 되었다. 그러나 그게 독이 든 선물이었을 줄이야!

그렇다. 예술가란 어린 시절을 힘겹게 보내는 법이다. 천재에게는 필수적인 조건이다. 아직 늦지 않았다. 이제라도 그런 방향으로 딸을 도와주면 된다.

두 사람은 냉장고와 찬장을 열고 섬세한 입맛을 만족시키는 음식들을 버리는 것부터 시작하기로 했다. 초콜릿, 잼, 과자, 케이크, 아침에 먹는 시리얼은 물론이고 파테, 버터, 과일 요거트, 치즈(셀레나가 특히 좋아하는 로크포르 치즈를 포함해)도 치웠다. 남은 것은 쌀과 해바라기씨 기름, 국수와 감자뿐이었다. 몇 킬로그램이나 되는 맛있는 음식이 마침내 창고에 숨겨졌다.

그래도 부족해 보였다. 두 사람이 읽은 위대한 예술가들의 전기에 따르면, 그중 편안한 현대식 아파트에서 살았던 예술가는 아무도 없었다. 그래서 이제는 난방을 끄기로 했다. 앞으로 두꺼운 스웨터를 입고 침대에서도 이불을 여러 겹 덮어야 하겠지만, 두 사람과 셀레나는 힘겹게 살아갈 필요가 있었다. 이것이 바로 셀레나의 예술적 기질을 북돋우고 영감을 불러일으킬 가장 좋은 방법이니까. 두 사람은 셀레나가 정말이지 예민하고 창조성으로 가득한 아이고, 나중에, 유명한 예술가가 되었을 때 부모님께 감사하게 되리라고 굳게 믿었다.

다음 날 아침, 셀레나는 냉장고가 텅 비었으며, 찬장에서 초콜릿이 싹 사라졌고, 거실에서는 입김이 나온다는 사실을 알아차렸다. 부모님의 정신 착란 상태가 새로운 단계에 접어들었다는 신호였다. 이성적으로 토론하려고 해 봤자, 얻을 수 있는 것은 아무것도 없다. 두 사람의 정신은 이미 이성의 영역을 벗어났기 때문이다. 정면 공격 역시 아무 소용없을 것이다. 맹렬히 반격할 테니까. 그래, 어른들(이 단어가 무엇을 뜻하든지 간에)은 그런 법이다. 갈등이 일어났을 때 이기는 건 어른들이다.

셀레나는 냉장고 앞에 잠시 서 있었다. 심호흡을 하며 마음을 가라앉히려고 애썼다. 어느 사건이든 두 가지의 관점으로 볼 수 있다. 신경질 나던 일이 우습게 보이기도 하고, 심각한 일이 별것 아닌 일로 바뀌기도 한다. 마음이 물 흐르듯 옮겨 가도록 내버려 두기만 하면 된다. 셀레나가 입가에 미소를 띄우는 데는 꽉 찬 2분이 필요했다. 마침내 이 상황이 재미있어졌다. 그래, 이건 부조리하고 우스워. 셀레나는 방으로 올라가 추위에 견딜 수 있을 만큼 옷을 입었다. 모자를 쓰고, 스웨터를 두 벌 더 겹쳐 입었으며, 두꺼운 양말을 신고, 벙어리장갑을 꼈다. 셀레나는 카메라를 꺼내 부모님에게 받은 모든 예술적인 선물을 사진으로 찍었다. 부엌으로 내려가서는 텅 빈 냉장고와 최소한의 생활 필수품이 남아 있는 찬장도 찍었다. 그런 뒤, 카메라를 비교적 키가 큰 가구 위에 올려놓고 지금 자신이 입은 겨울 실내복과 입에서 나오는 입김을 찍었다.

셀레나는 컴퓨터를 켜고 지난 며칠 동안 일어났던 사건을 기록했다. 몇 해가 지나 어른이 되어 직업을 결정한 뒤, 부모님의 지난 광기를 되새기게 해 줄 참이었다. 나의 아이들과 미래의 친구들에게도 보여 줄 것이다. 그러자면 흔적을 보존해야 했다.

밖에서 현관문을 두드리는 소리가 들렸다. 셀레나는 내려가서 문을 열었다. 푸른 작업복을 입은 두 명의 남자가 피아노를 들고 서 있었다. 남자들은 얼굴에 땀을 흘리며 피아노를 거실로 옮겼다. 그들이 떠나자마자, 셀레나는 피아노를 찬찬히 들여다보았다.

아름다운 악기였다. 셀레나도 그건 인정했다. 셀레나는 손가락으로 건반을 쓸어 보기만 할 뿐 감히 누르지는 못했다. 이렇게 반짝반짝 빛나고 위풍당당한 악기를 편안히 대할 수가 없었다. 그보다는 음도 맞지 않는 오래된 기타 쪽이 좋았다. 셀레나는 그런 기타를 닮았다. 셀레나는 머리를 땋은 뒤 가방을 메고 집을 나섰다. 오늘 아침은 베란네 집에서 먹을 생각이었다.

새로운 요법이 시작된 첫날 저녁, 셀레나와 부모님은 해바라기씨 기름을 드레싱으로 친 쌀 샐러드에 이어 삶은 감자를 먹었다. 후식은 아주 신 무설탕 요거트였다.

　셀레나는 불평하지 않았다. 부모님은 이런 셀레나를 보고 깜짝 놀랐다.

　"집에 돈 문제가 생겨서 허리띠를 졸라매야 한단다. 이제 초콜릿도 로크포르 치즈도 끝이야. 지출을 줄이려고 난방도 껐지."

아빠가 말하자, 엄마가 뒤이어 말했다.

"사는 게 어쩌나 힘든지. 네가 이해해 주길 바란다."

"걱정 마세요. 우린 함께잖아요. 그게 가장 중요하죠."

셀레나는 아침에 배달된 피아노를 떠올렸다. 엄마 아빠에게 돈 문제가 있다는 건 거짓말이었다. 두 사람은 자신들의 계획이 진짜처럼 보이도록 노력조차 하지 않았다. 게다가 대체 재정 상태가 파탄 날 이유가 뭐가 있겠느냔 말인가. 엄마나 아빠가 해고된 것도 아닌데. 셀레나는 재미 삼아 (그리고 그 김에 말대꾸도 하려고) 부모님을 곤경에 빠뜨려 보기로 했다.

"그런데 돈 문제는 어쩌다 생긴 거예요?"

부모님은 당황한 얼굴로 서로 마주보았다. 이유를 만들어 두지 않은 것이 분명했다. 두 사람이 핑계를 찾아내려고 고민하는 모양이 셀레나의 눈에 빤히 보였다. 아빠가 좀 더 빨랐다.

"아빠 때문이란다."

셀레나는 몹시 안타깝다는 듯 다정한 표정을 지었다. 엄마는 아빠가 무슨 거짓말을 지어냈는지 궁금해하며 눈썹을 움찔거렸다. 아빠가 시선을 내리깐 채 관자놀이에 손을 올리고 말을 이었다.

"사실 아빠 도박 중독이란다. 우리가 금요일마다 레브송 부부와 포커를 치는 건 너도 알지?"

"네, 하지만 푼돈 내기만 하시잖아요."

셀레나가 말했다.

"그렇긴 하지. 하지만 그러다 보니 마음속의 고삐가 풀려서 집착이 시작됐고 손을 쓸 수 없을 만큼 강해지고 말았단다. 인터넷 포커에 손을 대고 말았어. 담배 가게를 지날 때마다 로또와 긁는 복권도 사고 말이지. 심지어 경마도 하고 있어. 창피해서 몸 둘 바를 모르겠구나."

셀레나는 자리에서 일어나 아빠를 껴안으며 위로했다. 이 모습에 질투가 났는지 엄마도 말을 꺼냈다.

"그래, 나도 문제가 있어."

아빠는 고개를 저으며 이유를 덧붙일 필요가 없다는 걸 아내에게 알리려 했으나 엄마는 보지 못했다.

"나는 사이비 종교에 빠졌단다."

"엄마, 사이비 종교라고요?"

"태양의 숭배자라는 종교지. 엄마가 좀 우울했는데, 심리 치료사를 찾아가기보다 이쪽이 낫겠다 싶었어. 우리는 일주일에 며칠씩 저녁 시간에 어떤 지하 창고에 모였단다. 강력한 조명으로 천장을 뒤덮은 창고 안에서 노래를 불렀지. 그런데 신자들한테 인도에 사원을 짓는다며 돈을 요구했어. 엄마도 수표를 많이 써 줬고. 이제 거기서 빠져나왔지만 빚을 지고 말았어."

이건 뭐 한 가지도 믿을 수가 없잖아. 셀레나는 터지려는 웃음을 꾹 참으며 생각했다. 부모님은 거짓말하는 법을 배워야 할 듯했다. 하지만 셀레나는 장난을 계속하고 싶어서 이렇게 말했다.

"불쌍한 우리 엄마."

식사가 이어졌다. 부모님은 배우의 재능을 선보인

것이 뿌듯해 어쩔 줄 모르는 기색이었다. 웃겨, 정말.
셀레나의 머릿속엔 이 말만 맴돌 뿐이었다. 그래도 부
모님의 유치한 합동 작전에는 감동했다. 마음이 따뜻
해지는 광경이었다. 적어도 두 사람은 같은 광기를 공
유하고 있었다. 아마 이런 게 사랑일 것이다.

셀레나는 옷을 다 입은 채로 침대에 누웠다. 머릿속 생각들이 메두사의 뱀 머리카락처럼 얽히고설키도록 내버려 두었다. 부모님 때문에 새로운 의문들이 생겼다. 그렇게 부정적인 상황은 아니었다. 예술가가 된다? 하지만 예술가란 뭐지? 셀레나는 그림에는 특별한 재능이 없다. 그저 독서와 영화 관람을 좋아하고, 기타를 조금 연주할 줄 알며 레코드판을 수집하고 있었다. 셀레나는 고독했고, 자신이 남들과 뭔가 다르다는 걸 자주 느끼곤 했다. 하지만 과연, 그걸로 충분한 걸까?

학교에는 예술가처럼 보이는 아이들이 있다. 그 아이들은 옷 스타일에 무척 공을 들이고 머리 모양도 멋들어지게 꾸민다(때로는 일부러 헝클어진 머리를 만들기도 한다). 하지만 그렇게 한다고 해서 그 아이들이 나중에 예술가가 된다고 볼 수 있을까? 아니면 그냥 예술가처럼 꾸민 것뿐일까?

예술가는 타고난 성격에 따라 되는 걸까? 아니면 되고 싶어서 되는 걸까? 어쩌면 그 둘이 섬세하게 조합되어야 하는지도 모른다. 셀레나는 진정한 자신의 모습을 더 뚜렷하게 드러내는 법을, 꾸준히 성장하는 법을, 삶의 어려움을 이겨 내는 법을 배우고 싶었다. 이것이 바로 셀레나의 야망이었다. 셀레나는 모범생인 편이었지만, 특별히 재미있어 하는 과목은 없었다. 반면, 셀레나를 열정에 불타게 하는 것은 산더미처럼 많았다. 요리, 소설, 페미니즘, 역사, 연까지……. 한 가지의 전문가가 되기엔 좋아하는 것이 너무 많았다.

셀레나는 인터넷 검색을 해 보았다. 예술가의 생활

조건이란 만만하지 않았다. 대부분은 유급 휴가도, 휴무도 없었으며 월급을 받는 것도 아니었다. 유리한 점도(모험과 자유) 불리한 점도(불안정과 재정적 근심) 있는 삶이다. 셀레나가 바라는 삶이 이런 걸까? 전혀 알 수가 없었다. 일상생활만으로도 충분히 복잡해서, 미래를 생각하느라 기운을 빼고 싶진 않았다. "모르겠어요."라고 대답할 수 있다면 좋을 텐데. 그러면 부모님도, 선생님들도, 셀레나 자신도 근심하지 않을 수 있을 것이다. 의기양양하게 기쁨에 넘쳐 "모르겠어요."라고 외칠 수 있다면. 셀레나는 은테가 둘러진 손거울을 들고, 커다란 입 모양으로 이 한마디를 소리 내어 연습했다. 입가에 미소를 머금고.

페카르 부인의 집에서 첫 번째 피아노 레슨을 받았
다. 부인은 두 아이 그리고 남편과 함께 회색과 장밋빛
이 어우러진 아파트 단지 한복판에 살고 있었다. 현대
건축가들은 이 단지가 얼마나 추한지를 비밀에 붙이
고 싶을 것이다.

　이 젊은 여인에게서는 바닐라 향이 났다(바닐라 향
수를 아낌없이 쓰고 있었으니까). 셀레나가 집 안에
들어서자마자, 달착지근한 바닐라 향이 코를 찔렀다.
냄새는 선생님의 피부에서도 피어오르는 듯했다. 불쾌

한 향은 아니었지만, 집에서 사라진 케이크며 초콜릿, 과자가 한층 더 절절하게 그리워졌다. 이건 고문이나 마찬가지였다. 셀레나가 그 냄새를 맡고, 하고 싶은 일은 단 하나뿐이었다. 페카르 부인의 팔을 한 입 베어 무는 것. 그러나 사회적으로 허용된 행동이 아니므로, 페카르 부인이 부모님에게 추가 비용을 요구할 위험이 다분했으므로……

셀레나는 부모님의 뜻에 따라 레슨을 받기로 했다. 다툼이 일어나는 건 두려우니 동의하는 게 가장 간단한 방법이었다(물론 베란에게는 다툼도 아무 문제 없을 거다. 이의를 제기하고 가장 큰 목소리로 말하며 욕을 퍼붓는 건 늘 베란이니까). 그러나 셀레나는 확신이 없었다. 자기가 맞게 하고 있는 건지 아닌지. 소란을 일으키거나 토라질 수도 있는데 말이다. 셀레나는 좀 더 생각해 보고 마음을 바꾸기로 했다. 어쩌면 피아노 레슨 때문에 독창적인 무언가가 내면에서 솟구칠지도 모르니까. 셀레나는 환상을 품지 않았다. 음악을 배우는 건 만만한 일이 아니었다. 셀레나는 심지어 음악을 배우는 게 불가능할 거라는 생각마저 들었다(이미 기타와는 싸우고 있지 않은가). 그러나 적어도 여기는 난방이 된다.

셀레나는 아파트에 들어서자마자, 온기를 한껏 만끽하기 위해 페카르 부인과 천천히 이야기를 나누었다. 실내 장식이 어떤 점에서 성공적인지 이야기했고(그건 거짓말이었다. 사실 우중충한 색깔의 기하학적 조각이 도처에 널려 있었다), 창밖에 보이는 공원이 정말 예쁘다고도 말했다(이것도 거짓말. 놀이터의 놀이 기구는 뒤틀리고 녹이 슬어 있었으며 벤치는 부서져 있었다). 셀레나는 페카르 부인이 따뜻한 코코아나 과자를 좀 내 주었으면 싶었다. 그러나 부인은 소독약 냄새가 왈칵 나는 미지근한 물만 한 잔 내왔다.

셀레나는 리듬 감각이 꽝이었다. 베란은 이 점을 자주 놀림거리로 삼았다. 셀레나가 춤을 추려 할 때면(딱 두 번 그런 적이 있었다. 한 번은 베란네 집 차고에서였고, 다른 한 번은 학교에서 오스트리아로 연수를 갔을 때 의무적으로 참석해야 했던 댄스 파티였다), 전류가 흐르는 철판 위를 달리는 닭처럼 팔다리가 움직였다. 엉망진창, 우스꽝스러운 춤이었다. 셀레나의 몸은 음악을 따라가지 못하고 자기만의 불가사의한 세계 속에서 왔다 갔다 했다.

페카르 부인이 셀레나에게 앉으라고 권했다. 셀레나는 쿠션이 통통한 피아노 의자에 앉았다. 그리고 여든여덟 개의 건반과 마주했다. 페카르 부인이 바르샤바에서 피아노를 공부한 이야기를 하는 동안 셀레나는 건반을 세어 봤다. 부인의 목소리는 냉랭하고 거만했으며, 스스로가 무척 자랑스러운 것 같았다. 배움이란 고통 속에서 엄숙하게 이루어져야 한다고 여기는 선생님들이 있다. 페카르 부인이 이런 종류의 선생님에 속한다는 느낌이 들자마자, 셀레나는 다른 생각을 하기 시작했다. 문득 페카르 부인이 조용해졌다. 셀레나는 부인을 쳐다보았다. 부인이 뭔가 기다리고 있는 게 분명했다. 그래서 셀레나는 열 손가락을 건반 위에 올리고 여러 번, 아주 세게 눌렀다. 어마어마하게 큰 소리가 났다. 페카르 부인이 기대하고 있던 결과는 아니었다. 부인은 얼굴이 시뻘게져서 소리쳤다.

"스톱, 스톱!"

셀레나는 페카르 부인에게 피아노를 배우는 것에 반대하진 않았지만, 그건 셀레나가 좀 제멋대로 굴어도 부인이 참아 주어야 된다는 조건이었다. 사실 셀레나는 도무지 가르칠 수 없는 학생이 되어, 선생님에게 패배를 안겨 주고 싶었다.

불행히도 페카르 부인의 의욕은 꺾이지 않았다. 부인은 학생의 손을 잡고 가운뎃손가락을 흰 건반 위에 올려놓았다. 그리고 건반을 여러 번, 부드럽게 눌렀다. 이번엔 좀 나았다. 떨리는 음이 되풀이되었지만 어쨌든 듣기 좋았다. 셀레나는 이 상황을 초연하게 받아들였다. 이건 곧 끝날 이상한 경험이었다(클라라 고모가 셀레나를 데려가 자기 집을 둘러싼 시골길에 허수아

비를 세우라고 했던 때처럼). 부모님도 결국은 이성을 되찾을 것이다. 그때까지는 난방이 나오는 아파트에서 편안하게 두 시간을 보내고, 여든여덟 개의 이빨을 가진 괴상한 동물과의 만남을 즐길 생각이었다. 셀레나는 어떤 상황에서든 긍정적인 뭔가를 이끌어 내는 숙제를 자신에게 내 주고 있었다. 그렇게 하지 않으면 삶이 너무나 슬퍼질 것 같았다.

레슨이 끝나자, 셀레나는 페카르 부인에게 피아노 사진을 찍어도 되는지 물어보았다. 그 참에 선생님의 얼굴도 찍고, 집 안과 추한 조각상들도 찍었다. 셀레나는 이 사진들을 부모님의 광기에 대한 보고서에 덧붙였다. 혹시 신문사에서 이 보고서를 출판하자고 하면 어떡하지? 아니면 블로그를 열까? 이 모든 이야기가 공개되었을 때 벌어질 일을 떠올리자 셀레나는 피식 웃음이 나왔다.

4

가볍고 연약한 창조물

셀레나는 무거운 피로감에 휩싸였다. 부모님의 행동에
도 흥미가 떨어졌다. 이 상황은 언제쯤 끝이 날까? 엄마
아빠가 갈 데까지 가 버려서, 결국 정말로 미쳐 버리면
어쩌지? 셀레나는 피아노 앞에 서서 온 힘을 다해 건반
을 내리쳤다.

12월에 접어들자 추위가 한층 깊어졌다. 보도블록에는 서리가 내렸고, 사람들은 두터운 코트와 목도리 속으로 몸을 숨겼다. 모두 따뜻한 쉼터를 향해 걸음을 서둘렀다. 그러나 학교에서 돌아온 셀레나를 기다리고 있는 것은 냉동실 같은 집뿐이었다. 셀레나는 더운 물이 든 잔을 양손으로 꼭 감싸 잡았다. 잘 때는 잠옷을 세 겹이나 입었다. 식사 시간에도 부모님과 셀레나는 여전히 코트를 입은 채, 국수나 감자 또는 밥을 먹었다. 셀레나는 이 세 가지 재료로 만들 수 있는 다양

한 요리를 발견했지만, 그나마도 질리기 시작했다. 다행히 적어도 하루 한 끼는 학교 식당에서 제대로 된 밥을 먹을 수 있었고, 베란네 집에 가서 간식도 먹을 수 있었다(방과 후에 날마다 들러 샤워도 했다). 마침내 셀레나의 부모님이 흔들리기 시작했다. 맛있는 요리나 초콜릿을(난방은 말할 것도 없고) 더 그리워한 건 두 사람이었던 것이다. 사실 힘겹게 산다는 건 셀레나로서는 오래전부터 일상적인 일이었다. 셀레나는 중학생이었으니까.

난방을 꺼서 좋은 점이 딱 하나 있었다. 고기 냄새가 사라졌다는 점이다. 셀레나는 집에서 더는 냄새가 나지 않는다는 사실을 깨달았다. 공기가 산속처럼 신선했다.

셀레나는 행동에 나서기로 했다. 이의를 제기하지는 않지만, 은밀하면서도 단호하게 행동하는 것, 이게 셀레나의 성격이었다. 셀레나는 마지막 남은 용돈을 싹싹 긁어 중고 제품 매장에서 작은 전열기를 사와 침대 밑에 숨겼다.

초콜릿, 시리얼 바, 사탕, 사과 주스, 로크포르 치즈, 파테, 빵 같은 비상식량은 베란이 구호물자로 가져다주었다. 셀레나는 날마다 저녁을 먹은 다음, 비상식량을 야금야금 먹었다. 부스러기를 흘리거나 포장지를 버리지 않도록 세심하게 주의를 기울였다. 물론 어린 시절 용돈을 받았던 예술가는 단 한 명도 없었기 때문에(사실이 어쨌거나 부모님은 그렇게 믿고 있었다), 셀레나는 이제 부모님에게 땡전 한 푼 받을 수 없었다. 화요일과 목요일, 수업이 끝난 뒤 베란과 함께 사 먹던 초콜릿 빵도 끝이었다. 베란은 친구에게 사 주겠다고 했으나 셀레나는 그런 상황이 계속되는 걸 바라지 않았다. 이 정도 삶이면 어떤 의미에서 셀레나는 궁지에서 벗어나, 부모님이 허락한 것보다 좀 더 나은 생활을 할 수 있는 건지도 몰랐다. 하지만 그래도 힘겨운 삶이었다.

토요일 오후, 베란과 셀레나는 공원에서 블랭프 선
생님을 만나 연날리기 동호인 모임에 참석했다. 십여
명이 약속을 잡고 모여 연이라는 별난 주제에 대한 노
하우를 선보이고 애정을 공유했다. 갖가지 연 중에서
도 올빼미, 딸기, 꿀벌, 용, 다리미 모양 연이 눈에 띄
었다. 감미로운 순간이었다. 이 가볍고 연약한 창조물
들이 세상이 놓친 아름다움을 채우고 있었다. 두 친
구는 시처럼 아름다운 그 광경을 마음속에 갈무리해
두었다. 그러면 학교와 부모님, 일상이 던지는 온갖 자

잘한 굴욕에 맞서는 데 도움이 될 테니까. 언젠가 두 소녀는 힘들 때 필요할 것 같은 물건을 보이지 않는 자루에 전부 넣어 등에 지고 다니면 좋겠다고 상상한 적이 있었다.

핼러윈 호박 등불 모양을 한 연이 특히 박수를 받았다. 두 친구는 교장 선생님께 인사를 하고, 서로 작별 인사를 나눈 뒤, 각자 집으로 돌아갔다.

셀레나는 이 이상한 시기가 자기에게 어떤 영향을 미칠지 궁금했다. 나는 정말 예술가가 될까? 그럴 것 같지는 않았다. 그림에 대한 열정을 키우지도 않았고, 비디오카메라에 달려들어 독창적인 영화를 찍고 있지도 않았다. 하지만 부모님을 대할 때는 자신감이 생겼다. 셀레나는 독립적이고 성숙한 사람이 되어 갔고, 그건 꽤 기분 좋은 일이었다.

부모들은 아이들에게 더 잘하느라, 아이들을 교육시키느라, 아이들을 걱정하느라 무분별하게 에너지를 쏟는다. 셀레나는 부모들이 그 에너지의 4분의 1만이라도 그들 자신과 부부의 인생에 쏟는다면, 모든 면에서 상황이 더 나아질 거라고 생각했다. 그리고 셀레나 자신도 부모님의 말과 생각을 덜 심각하게 받아들인다면, 삶이 더 편안해질 것 같았다. 아마도 그건 자기 자신에게 주는 선물이 되리라.

신중함이라고는 눈곱만치도 없는(뚫어져라 바라보는 눈길, 은유로 가득한 질문) 셀레나의 부모님은 딸의 예술적 발전을 기대하고 있었다. 두 사람은 그림이나 소설, 한 곡의 소나타 등의 위대한 작품이 탄생하길 기다렸다. 그러나 아무 일도 일어나지 않았다. 셀레나는 찰흙 더미를 건드리지도 않았고, 부모님의 초상화를 그려 주겠노라는 제안도 하지 않았다. 점토 인형을 가지고 영화를 찍지도 않았고, 피아노에는 무관심했다(가끔 지나가다가 건반 하나를 눌러 보는 소리는 들을 수 있었다). 셀레나는 여기저기 다니며 사진을 몇 장 찍고 비밀 일기를 쓰는 걸로 만족할 뿐이었다. 눈부신 성과는 전혀 없었다. 부모님은 실망했다. 하지만 딸이 예술가가 될 거라는 자신들의 직감을 여전히 굳게 믿고 있었다. 딸이 그 사실을 받아들이도록 도와주는 것이 부모의 역할 아니던가. 아이들은 어마어마한 사회적 압박 때문에 예술가의 길로 나아가지 못한다. 학교에서는 개성을 표현하도록 격려하지 않는다. 셀레나에게는 전기 충격이 필요했다. 그래서 두 사람은 더 나은 상황을 만들어 주기로 결심했던 것이다.

일요일 아침, 셀레나는 새벽같이 일어나 욕실로 갔다. 얼굴에 생기가 없어 평소보다 더 야위어 보였다. 부모님이 고안한 새로운 요법은 셀레나에게 도움이 되지 못했다. 셀레나는 아침(밥과 사과 하나에 베란이 준 초콜릿 한 조각을 곁들인 아침)을 먹으러 아래층으로 내려갔다.

　먼저 셀레나의 눈에 띈 것은 부엌 식탁 위에 놓인 빈 위스키 병이었다. 병은 보란 듯이 식탁에 떡하니 놓여 있었다. 냉장고에는 화이트 와인 네 병이 들어 있었고 쓰레기통에는 빈 맥주병이 넘쳐 났다.

쇼가 계속되고 있군.

부모님은 셀레나가 알고 있는 사람들 중 가장 이성적이었다. 엄마는 자동차의 안전띠를 전부 이중으로 덧댈 정도였고, 아빠는 유통 기한이 다 되어 가는 식재료는 깡그리 버리는 사람이다(가끔 장바구니에서 막 꺼낸 것도 버렸다).

그런 두 사람이 도박에 중독되거나 사이비 종교에 빠지다니, 상상조차 어려웠다. 그건 두 사람의 성격이 아니었다. 이제 부모님은 자기들이 술을 마신다고 셀레나가 믿기를 바라는 게 틀림없다. 엄마 아빠가 알코올 중독이라고? 차라리 공상 과학 소설을 쓰라지. 셀레나는 술병들의 사진을 찍고 이 의외의 발견을 수첩에 기록했다.

셀레나는 무거운 피로감에 휩싸였다. 부모님의 행동에도 흥미가 떨어졌다. 이 상황은 언제쯤 끝이 날까? 엄마 아빠가 갈 데까지 가 버려서, 결국 정말로 미처 버리면 어쩌지? 셀레나는 피아노 앞에 서서 온 힘을 다해 건반을 내리쳤다. 미친 피아니스트의 열정적인 연주회에서 들릴 법한 소리가 났다. 끔찍한 소리였다. 도저히 들어 줄 수가 없었다. 셀레나의 이 '연주'는 족히 30분은 계속되었다.

스트레스를 해소할 수 있다는 점에서 그 무엇보다 유익했다. 이렇게 해서 부모님의 마음을 어지럽히고 일요일 아침의 신성한 늦잠 시간을 잘라 먹고 싶었다. 셀레나는 부모님에게 당한 만큼 그대로 되갚아 주고 싶었다.

엄마 아빠가 마침내 방에서 나왔다. 잠옷 차림에 머리에는 까치집을 지은 채, 여전히 잠에 취해 당황한 기색이었다. 셀레나가 '연주회'를 마치자 부모님은 뜻밖에도 박수를 쳤다. 셀레나는 불같이 화가 났다. 맥이 쫙 풀렸다.

셀레나는 방으로 올라가 옷을 입고, 비디오카메라를 주머니에 넣은 뒤 밖으로 나왔다. 뭔가 촬영할 생각은 아니었다. 대신 중고 가전제품을 취급하는 가게로 갔다. 가게 주인은 (머리를 엉망으로 자르고 '프랑켄슈타인의 신부' 티셔츠를 입은 젊은 남자로 셀레나를 보고 좀 너무 오래 웃었다) 셀레나가 얼마간 버틸 수 있을 만한 금액에 비디오카메라를 사 주었다. 셀레나는 우울했기 때문에, 새 옷을 사기로 했다. 그건 자신을 위해 꽃을 사는 마음과 마찬가지였다. 옷은 색깔과 소재로 셀레나를 위로하고, 무미건조한 회색 인생을 물리쳐 주었다.

헌옷 가게는 일요일마다 열렸다. 노인들이나 가난한 가족들이 그 가게의 단골이었다. 이 시대에는 (이 시대의 학교에도, 이 시대의 가족에서도) 자기 자리가 없다고 느낀 셀레나는 유행이 지난 옷을 입으면 도움이 될 거라고 생각했다. 게다가 가게 안을 돌아다니며 구경하는 것도 좋았다. 다른 아이들을 만날 위험이 없는 장소이기 때문이다.

셀레나는 초록색 브이넥 스웨터를 샀다. 조금 닳아

해졌지만 재단이 예쁘게 되어 있었다. 트위드 소재의 칠 부 소매 재킷도 샀다. 옷에서는 먼지와 곰팡이 냄새가 났지만, 마음을 편안하게 해 주는 무언가가 있었다. 휴대 전화가 울렸다. 베란한테서 온 문자였다. 저녁에 시간을 내 달라고 했다.

셀레나는 조그마한 록 음악 공연장 문 앞에서 친구를 만났다. 벽에는 잘 모르는 밴드들의 포스터가 붙어 있었고, 입구 위에는 'Woodstock'이라고 쓰인 네온사인이 빛나고 있었다. 베란이 셀레나에게 입장권을 건넸다. 둘은 '사이코판다'를 보러 왔다. 셀레나는 모르는 밴드였다. 아마추어 밴드라서 아직 음반을 내지는 않았다고 베란이 설명해 주었다. 그리고 무엇보다 중요한 특징이 있었다. 교장 선생님이 이 밴드에서 기타를 치고 있다는 사실이었다. 이건 기억해 둘 만한 사항이다. 베란이 개인적으로 조사를 좀 했다. 블랭프 선생님의 윗옷 깃에 달린 배지를 보고 뭔가 눈치챘던 것이다. 베란은 연날리기 동아리 모임이 있을 때 몰래 배지 사진을 찍어 두었다가, 인터넷에서 여러 차례 검색한 끝에 배지의 출처를 알아냈다. 그 배지는 바로 어느 지역 록 밴드의 로고였다. 그 밴드의 홈페이지에서, 베란은 커다란 선글라스로 얼굴을 감춘 교장 선생님을 쉽게 알아볼 수 있었다.

문 앞에서 기다리는 관객들은 삼사십 대로 보였다. 이 밴드를 아는 중학생은 오직 셀레나와 베란뿐인 게 분명했다. 줄 서서 기다리는 남녀 관객들의 모습도 록 추종자라기보다는 학자처럼 보였다. 모두 천진난만한 분위기였다. 사람들은 추위를 견디려고 발을 동동 구르거나 손을 비비고 있었다. 담배를 피우기도 했다. 돌아다니며 뜨거운 음료를 권하는 장사꾼도 있었다. 베란과 셀레나는 차를 한 잔 사서 마셨다.

셀레나는 부모님의 광기가 최근 어떻게 발전했는지

들려주었다. 베란은 웃음을 터뜨렸지만, 친구를 돕겠다는 뜻으로 셀레나의 팔을 꽉 잡았다. 공연장 문이 열리고, 줄줄이 안으로 들어가기 시작했다.

공연장 안은 시커멨다. 검은 칠 때문이라기보다는 때가 타고 담배 연기에 절어서 그렇게 된 듯했다. 공연장 안에서도 담배를 피울 수 있기 때문이었다. 조명 사이에 거미줄이 쳐져 있다고 해도 믿을 만했다. 공연장 주인이 관리에 별로 신경을 쓰지 않는 게 사실이긴 했지만, 그건 그 나름대로 이곳 분위기에 어울리기도 한다는 판단도 한몫한 듯했다.

푸른 벨벳이 씌워진 좌석은 안쪽 높은 곳에 설치되어 있어서, 계단을 몇 단 올라가야 했다. 여성 보안 요원이 베란이 자리에 앉을 수 있도록 도와주었고, 셀레나는 휠체어를 옆에 잘 치워 두었다. 두 소녀는 무대를 보았다. 밴드는 아직 모습을 드러내지 않았다.

사람은 별로 없었다. 공연장은 반쯤 비어 있었으나, 거기 모인 사람들은 행복한 얼굴로 열광하고 있었다.

사이코판다 티셔츠를 입은 사람들도 있었다. 거대한 판다가 양손 가득 사람들을 움켜쥐고 잡아먹는 그림이 그려진 티셔츠였다. 뮤지션들이 무대로 들어왔다. 베란과 셀레나는 몇 초 만에 교장 선생님을 알아보았다. 선생님은 양복이 아니라 배지로 뒤덮인 청재킷을 입고, 머리에는 빨간 띠를 매고 있었다. 베란은 사진을 찍으려고 휴대 전화를 꺼냈고, 셀레나는 카메라를 손에 들었다. 이런 모습을 한 교장 선생님 사진 한 장이면 둘은 학교에서 굉장히 유명해지고, 교장 선생님을 바보로 만들어 아이들을 웃길 수 있을 것이다. 하지만 두 소녀는 유명해지고 싶지 않았다. 절대 그러고 싶지 않았다. 둘은 잘 나가는 아이들 틈에 끼어들지 않을 작정이다. 베란은 전화기를 집어넣었다.

여성 보컬이 들어왔다. 키가 크고 강해 보이는 소녀 보컬은 로커답게 검은색 바지와 체크무늬 셔츠를 입고 있었다. 짙게 화장한 그녀의 눈을 보자, 셀레나도 대낮에 자기 나름대로 괴상한 차림을 해 보고 싶어졌다. 보컬이 노래를 시작했다. 감미로운 목소리에 두 친구는 몸이 떨렸다.

공연은 두 시간을 꽉 채웠다. 앙코르도 있었다. 너바나에게서 영향을 받은 듯한, 우울하고 감미로운 록 음악이었다. 베란과 셀레나는 기타 연주를 평가할 능력은 없었지만, 교장 선생님이 위기를 잘 넘기고 있다는 느낌은 들었다. 관객들은 오랫동안 박수를 보냈다. 소녀들은 가장 먼저 슬그머니 사라졌다. 블랭프 선생님의 눈에 띄고 싶지 않았기 때문이다.

둘은 공연장 맞은편에 있는 맥도날드에 갔다. 햄버거를 받아 든 두 소녀는 창가에 자리를 잡았다. 안은 조용했고 조명은 은은했다. 부모들이 아이들에게 세트 메뉴를 사 주었고, 친구들과 연인들이 끼리끼리 이야기를 나누고 있었다.

"오케이, 너희 부모님은 돌았어. 그래도 어쨌든 넌 운이 좋은 거야."

베란이 콜라에 빨대를 꽂으며 말했다. 셀레나가 되

물었다.

"운이 좋다고? 이제 집엔 난방도 안 나오고, 쌀이랑 감자만 먹고……."

"나도 알아. 하지만 내가 만약 예술가가 되고 싶다고 한다면, 우리 부모님은 눈에 불을 켜고 반대하실 걸. 일단 공부부터 다 마치라고 말씀하실 게 뻔해. 대학 시험을 보고도 십 년쯤 더 걸리는 공부겠지."

"너, 예술가가 되고 싶어?"

"모르겠어. 난 정말 천체물리학자가 되고 싶고, 그걸 포기하고 싶지 않아. 하지만 글도 쓰고 싶어."

"그랬구나, 몰랐어."

"시를 쓰고 싶어. 나는 마쓰오 바쇼와 에밀리 디킨슨의 영향을 받고 있지."

베란에게 에밀리 디킨슨이라는 시인을 소개해 준 사람은 바로 셀레나였다. "이것은 세상에 보내는 나의 편지입니다(This is my letter to the world that never wrote to me)."라는 구절로 시작하는 시를 알려 준 적이 있었다. 한편, 베란은 동양의 시에 대해 모르는 게 없었다.

"너는 두 가지 열정을 좇을 수 있어. 아이작 아시모프처럼 말이야. 아시모프는 공상 과학 소설을 썼는데, 물리학 교수이기도 했지."

"엄마 아빠가 무시무시하게 화를 내실걸."
베란이 포기한 듯 읊조리자 셀레나가 가만히 속삭였다.

"너한테 다 털어놓으라고 하는 사람 아무도 없어."
두 소녀는 온갖 주제에 대해 이야기했다. 시에 대해, 학교에 대해, 음악에 대해 그리고 새로운 햄버거 요리법에 대해.

이 상황은 언제쯤 끝이 날까?
엄마 아빠가 갈 데까지 가 버려서, 결국 정말로 미쳐 버리면 어쩌지?

5

시련에서 태어나는 것

셀레나는 자기가 복잡한 길을 가게 될 것임을 알고 있었
다. 그래서 우울함을 느끼면서도, 셀레나는 그것을 즐기
고 있었다. 아름다움은 시련에서 태어나는 법이다.

밤이면 왠지 안심이 돼.

집으로 돌아오는 길, 셀레나는 이렇게 생각했다. 사방은 어둡고, 가로등만이 거리를 희미하게 비추고 있었다. 드문드문 자동차가 지나갔다. 날이 너무 추워서 길에는 아무도 없었다. 셀레나도 스웨터를 여러 겹 겹쳐 입었다. 부모님이 난방을 끊은 뒤로, 낮은 온도에서 견디는 법을 계속 개발 중이었다. 눈송이가 날리기 시작했다. 큰 눈송이가 허공을 날며 휘돌고 있었다. 셀레나는 걸음을 멈추고 취한 듯 눈송이를 바라보았다. 손을 내밀자 눈송이 하나가 손바닥에 내려앉았다. 눈송이는 잠시 작은 솜뭉치처럼 손금을 따라 굴러다녔다. 셀레나는 손가락을 쥐었다가 다시 펴 보았다. 눈은 사라지고 없었다.

미래에 대한 문제는 셀레나가 예상한 것 이상으로 마음을 괴롭혔다. 부모님의 지나친 열성 때문에 셀레나의 마음속 깊은 곳이 요동쳤던 것이다.

학교에서 학기 초마다, 선생님들이 설문지를 돌려 장래 희망을 묻곤 했다. 셀레나는 늘 그 칸을 텅 빈 채로 두었다. 지금은 인생에서 중대한 결정을 내리는 시기가 아니라, 선택할 수 있는 길이 서서히 드러나는 시기였다. 셀레나는 혼자 살 날을 꿈꾸었다. 그러나 성장하는 게 두렵기도 했다. 성장한다는 건 자신이 자기 운명의 주인이 된다는 뜻일 테고, 그러면 가끔씩 벗어던지고 싶어질 만큼 무거운 책임이 따른다는 뜻이기 때문이다. 하지만 어른이 되는 것이야말로 셀레나가 마음속 깊이 바라는 일이었다.

어쨌든 자기 것이 아닌 삶을 살지 않아도 되고, 자신에게 중요한 것들을 코앞에서 지나치지 않아도 될 테니까. 그 중요한 것들이 정확히 무엇인지, 셀레나는 줄곧 궁리하고 있었다. 그리고 그것을 알아내기 위해 공부할 것이다. 성장한다는 게 무엇인지 질문을 던지는 일만으로도 성장할 수 있을 듯한 느낌이 들었다.

셀레나의 영혼은 편히 쉴 곳을 어디에서도 찾지 못했다. 그래도 그 편이 좋았다. 그래야 깊이 고민할 수 있을 것이다. 세상에는 익숙해지기까지 여러 해가 걸리는 일들이 있는 법이다(시간이나 다른 사람들과의 관계, 인생 같은).

셀레나는 아직 답을 찾지 못했다. 조금 두렵기는 해도 심각한 일은 아니었다. 답을 찾아 버리면 성장하고 알아 가는 데 브레이크가 걸릴 테니까.

셀레나는 걸음을 재촉했다. 부모님께 몇 시까지 들어간다고 말씀드리지 않았고, 부모님도 묻지 않았다. 벌써 자정이 가까워 오는데 전화조차 없었다. 두 사람은 셀레나를 걱정하지 않았다. 이건 좀 기분이 상하는 일이다. 셀레나는 이 사실이 부모님의 상태가 좋지 않다는 신호라는 걸 알고 있었다.

부모님은 위기를 겪고 있었다. 하지만 셀레나가 그 결과를 감수해야 할 이유는 없었다.

셀레나가 들어갔을 때, 부모님은 자고 있었다. 자신들의 전략에 따라 일부러 집 안을 엉망으로 만들어 놓고 개수대에 술을 쏟아 버리느라 지쳤던 것이다. 아마 딸이 돌아오는 시간 따위는 신경 쓰지 않는, 무관심하고 무책임한 부모를 연기하고 싶은 생각도 있었을 것이다.

식탁 위에는 빈 포도주 병 두 개와 반쯤 차 있는 잔이 여러 개 놓여 있었다. 개수대에는 더러운 그릇이 넘쳐 났다. 냉장고는 텅 빈 채로 상한 계란 냄새가 났다. 셀레나는 거실을 슬쩍 보았다. 마시다 만 위스키 병이 소파 앞 낮은 탁자 위에 놓여 있었다. 셀레나는 소파에 앉았다. 안락의자에서는 맥주 냄새가 났다. 마치 불법 주거지에 들어와 있는 듯 했다.

부모님이 딸의 미래에 대해 야망을 좀 품을 수도 있다. 딸에게 영향을 줘 보려고 연기를 할 수도 있다. 하지만 두 사람은 넘지 말아야 할 선을 넘고 말았다. 셀레나는 가족이 이 지경이 된 게 싫었다. 부모님과의 대화, 다정하고 즐거운 관계가 그리웠다. 확실히 부모란 자녀가 사춘기일 때 극단적인 태도를 취하는 경향이 있다. 셀레나는 베란의 부모님을 떠올렸다. 두 분은 딸의 머릿속을 공포와 불안으로 가득 채우려는 듯, 끊임없이 공부와 실업에 대해 이야기하곤 했다. 부모들이 이런 위기를 겪을 때, 적어도 하나 정도는 좋은 점이 있었다. 자녀들이 독립적인 사람으로 성장한다는 점이다. 셀레나에게는 조언이 필요했다. 하지만 누굴 찾아가야 할까?

아빠는 면도를 한 지 한참이 지났고, 머리는 떡 진 채 제멋대로 뻗쳐 있었다. 엄마는 잠옷 바람으로 밖을 돌아다녀서 피부가 추위에 파래졌다. 재채기도 했다. 셀레나는 부모님 얼굴에 때가 끼고 몸에서는 냄새가 난다는 사실을 알아차렸다. 이러다간 직장에서 문제가 될 위험도 있었다. 사람들이 두 사람을 지적하고 비웃을 것이다. 그러다간 해고될지도 모른다.

　부모님이 아침을 먹으려고 자리에 앉았다. 아빠가 식탁 위에 사발을 올려놓자, 엄마가 헝겊 주머니에서 마른 빵 조각을 꺼냈다. 두 사람은 한마디도 하지 않았다. 기분이 좋지 않아 보였다. 셀레나가 어제 본 공연이 어땠는지 말하는 데도, 부모님은 반응을 보이지도, 질문을 하지도 않았다. 아빠가 늘 마시던 차 대신 맥주를 한 캔 따더니 사발에 부었다. 그러고는 빵 한 조각을 부수어 그 안에 담갔다. 아빠가 맥주에 젖은 빵을 입으로 가져갈 때, 셀레나는 식탁에서 일어섰다.

셀레나는 땅만 내려다보며 거리를 걸었다. 우울함에 녹초가 된 듯, 정신이 하나도 없었다. 세상이 온통 무미건조해져 버렸다. 어디론가 달아나고 싶었지만, 공기조차 감옥처럼 느껴졌다. 셀레나는 고개를 들고 심호흡을 한 다음, 용기를 얻어 보려고 억지로 웃음을 지었다.

학교에 도착한 셀레나는 운동장으로 가지 않았다. 대신 행정실이 있는 건물로 곧장 갔다. 비바람과 공해로 더러워진 커다란 흰색 정육면체 건물은 철제 계단을 올라야 들어갈 수 있었다. 셀레나는 교장실로 이어지는 계단 한가운데에 앉았다. 추워서 후드를 쓰고 팔짱을 꼭 끼었다. 아이들은 교정에서 색색의 무리를 짓고 있었다. 따로 떨어져 나온 아이들도 몇몇 보였다. 베란은 반 여자애와 이야기를 나누고 있었다. 행복해 보였다. 셀레나의 심장이 찌르는 듯 아파 왔다. 그때, 한 번도 본 적 없는 외로워 보이는 소년이 눈에 띄었다. 셀레나는 이제껏 마주쳤던 모든 사람, 그러나 주의를 기울이지 않았던 모든 사람을 생각했다. 셀레나는 그 사람들을 향해 나아가지 않았다. 후회스러웠다. 셀레나는 더 많이 행동하고 싶었다. 삶에서 중요한 의미를 지니게 될 존재들과 사물들을 찾아 나서고 싶었다.

셀레나의 눈앞에 다리 두 개가 나타났다. 눈을 들자 교장 선생님이 언제나처럼 평온한 얼굴로 입가에는 오묘한 미소를 띠고 서 있었다. 셀레나는 교장 선생님이 어떤 인생을 살았을지 궁금해졌다. 선생님은 그 문제(자신의 인생)에 대해 확실히 밝히지 않는 방법으로 다른 사람들로부터 스스로를 지키고 있었다. 교장 선생님은 계단을 올라와 셀레나 곁에 앉았다. 그 순간 셀레나에게 블랭프 선생님은 교장 선생님이 아니라 연날리기 동호회의 회장이었다. 같은 편이었던 것이다.

셀레나는 블랭프 선생님께 모두 털어놓았다. 부모님이 어떤지, 부모님이 어떤 위기를 겪고 있는지, 두 사람이 셀레나가 예술가가 되기를 바라며 어떤 폭력을 가하고 있는지를, 십 분 동안, 아주 작은 것 하나하나까지 전부 이야기했다. 부모님의 확신, 집요한 선물 공세, 거짓말과 연기까지. 셀레나는 자신의 어떤 점이 예술가가 될 만한 느낌을 주는지 물었다. 엄마 아빠의 생각이 맞을까? 부모님의 직감이 정확한 걸까, 아니면 두 사람은 그저 자기들의 욕망을 딸에게 투사하고 있는 것뿐일까? 그건 그렇고, 계속 이러다가는 다 망쳐버릴 수도 있다는 걸 부모님은 모르는 걸까? 자신이 어떤 사람인지 스스로 발견할 권리가 셀레나한테 있다는 것도?

교장 선생님은 아무 말도 하지 않았다. 여러 차례

입술을 꼭 깨문 채, 입안에 바람을 넣어 햄스터처럼 뺨을 부풀리기만 했다. 그러나 셀레나는 알았다. 선생님이 거기 앉아 이야기를 들어 주는 모습에서, 선생님이 자신을 이해하고 있다는 사실을. 그러자 마음이 풀렸다. 선생님은 셀레나를 보고 진심 어린 웃음을 짓더니, 일어나서 문까지 계단을 몇 개 더 올라가 교장실로 들어갔다. 셀레나 주변 사람 가운데 아마 진정으로 예술가의 이미지에 딱 들어맞는 사람은 교장 선생님인지도 모른다. 셀레나는 기타리스트로서보다 교장 선생님으로서 보이는 태도가 좀 더 예술가답다고 생각했다. 예술가란, 기술이 있는지, 악기를 얼마나 훌륭하게 다루는지와는 별개로 이 세상에 어떤 방식으로 존재하고 어떻게 행동하느냐에 달린 문제니까.

종소리가 울렸다. 셀레나는 움직이지 않았다. 줄을 지어 커다란 회색 건물로 들어가는 중학생들을 바라보고 있을 뿐이었다. 아이들이 저 멀리 은하계의 무수한 별과 닮았다는 생각이 들었다. 이상하게도 그 생각이 위로가 되었다.

셀레나는 자기가 어떤 사람인지도, 어떤 사람이 될 것인지도 정확히 알지 못했다. 단, 자신이 하고 싶은 일은 오직 하나, 바로 자기 자신이 되는 일이다. 이것만은 확신을 가지고 말할 수 있었다. 그 일이 셀레나의 직업이 되고, 셀레나가 가야 할 길이 될 것이다.

우선 당장은 유령이 되어, 사람들이 자신에게 씌워 놓은 이미지에서 벗어나고 싶었다. 사람들이 자신을 어떤 이미지로 봐 주길 바라는지는 셀레나 자신도 잘 모른다. 다만 자신을 어떤 역할이나 성격에 가두는 걸 원하지 않는다는 건 분명했다. 변해 갈 수 있는 자유를 남겨 준다면 좋을 텐데. 셀레나는 자기가 아는 모든 사람을 떠올리며, 소심하다느니, 수학을 잘하는 애답다느니, 운동을 좋아한다느니, 이상하다느니 하며 사람들이 너무나 쉽게 어떤 이미지에 사람들을 가두고 있다는 걸 알게 되었다. 그리고 사람들은 우스꽝스럽게도 남들이 가두어 버린 자기 자신의 이미지를 그대로 받아들인다. 자신조차 이미지 만들기에 협조하는 것이다. 그러는 편이 더 간단하니까. 그런 식으로 다들 자기 자리를 마련한다.

셀레나는 자기가 복잡한 길을 가게 될 것임을 알고 있었다. 그래서 우울함을 느끼면서도, 셀레나는 그것을 즐기고 있었다. 아름다움은 시련에서 태어나는 법이다.

지금으로부터 몇 년 뒤, 부모님이 이제껏 벌어진 사건을 담은 사진들을 보며 이야기를 읽을 때쯤이면, 자기들이 어떤 점에서 잘못을 저질렀는지 제대로 깨달을 것이다.

　부모님을 대할 때는 인내심을 가져야 한다. 부모님은 자신들이 완벽한 부모가 되지 못할까 봐 두려워한다. 아이를 누구보다 더 재능 있고 매력적인 존재로 만들어야 한다는 강한 사회적 압박을 견디고 있다. 또 자기 부모가 했던 잘못을 다시 저지르려 하지 않으며,

바로 그 이유 때문에 다른 잘못을 저지른다. 그렇다 보니, 적절한 행동을 하기가 어려울 수밖에 없다. 셀레나는 이렇게 넓은 마음으로 부모님을 이해했다. 그래도 두 사람의 별난 행동을 더는 참고 싶지 않았다.

학교에서 돌아온 셀레나는 방으로 올라갔다. 여기서 떠나야 했다. 셀레나는 영국에 사는 클라라 고모를 떠올렸다. 고모는 아빠의 여동생으로 엉뚱한 심리 상담사였다. 식구들끼리는 고모가 미쳤다고 수군거렸지만, 셀레나는 고모의 광기와 괴상한 생각들에 의미가 있다고 늘 생각했다. 고모가 무기를 수집하고, 아무하고도 말이 통하지 않는 건 사실이지만, 고모는 친절하고 너그러운 사람이었다. 고모가 앓고 있다는 편집증도, 셀레나가 보기에는 타인이 휘두르는 폭력으로부터 스스로를 보호하기 위한 방식일 뿐이었다. 고모가 페미니스트라는 점 역시 고모와의 대화를 즐겁게 해 주었다. 고모네 집에는 서재가 여럿 있었고, 사람들이 장난삼아 종이 뭉치를 던져 넣는 굴뚝도 하나 있었다. 고양이와 개 여러 마리, 채소밭(온갖 괴상한 모양의 호박이 자라는)도 있었다.

셀레나는 부모님이 주었던 예술과 관계된 선물들을 모두 책상 위에 쌓아 올렸다. 찰흙부터 솔페주 공책, 수채화 상자, 책, 사전까지. 작은 산이 하나 생겼다. 셀레나는 그것도 카메라로 찍었다.

셀레나는 종이를 한 장 꺼내 편지를 쓰기 시작했다.

엄마 아빠에게

클라라 고모 집에 가서 며칠 지내다 올게요. 전 휴식이 필요해요. 아시다시피 전 엄마 아빠를 사랑해요. 하지만 지금은 두 분 때문에 피곤해요.

엄마 아빠가 잘해 보려고 노력하고 있다는 건 알아요. 하지만 방법이 틀렸어요. 전 나중에 뭘 하고 싶은지 모르겠어요. 제가 아는 건, 선택은 제가 하게 될 거라는 거예요. 엄마 아빠는 저를 예술가로 만들 수 없을 거고, 더는 예술을 혐오하게 만들 수도 없을 거예요.

두 분의 욕망에 신경 쓰시고, 저는 제 욕망을 갖게 내버려 두세요. 제가 어떤 선택을 하든, 거기에 온 마음을 쏟겠다고 약속할 수 있어요. 중요한 건 그거 단 하나예요.

엄마 아빠의 행동은 적어도 한 가지는 증명했어요. 두 분이 넘치는 상상력을 지니고 있다는 사실이죠. 그러니까 직접 예술가가 되시면 어때요? 아직 늦지 않았어요. 위대한 예술가 중에는 노년이 되어서야 예술가의 길을 걷기 시작한 사람들도 있다고요.

사랑을 담아

셀레나

셀레나는 부모님과 마주치고 싶지 않아서 서둘러 가방을 쌌다(헌옷 가게에서 산 옷과 책, 수첩, 머리빗, 칫솔, 카메라를 넣었다). 편지는 눈에 잘 띄도록 탁자 위에 놓아두었다.

셀레나는 밖으로 나왔다. 냉기가 얼굴에 확 끼쳐 들

어 눈이 따갑고 눈물이 났다. 손수건을 꺼내 눈물을 닦은 뒤, 후드를 눈까지 푹 눌러 쓰고 역으로 방향을 잡았다. 바람이 불었다. 기온이 영하로 떨어진 게 분명했다. 하지만 셀레나는 나아갈 수 있어서 행복했다.

예술적인 태도는 우리 모두에게 필요하며
우리는 누구나 예술가가 되어야 한다

셀레나가 들으면 화를 낼지도 모르지만, 베란의 말
대로 셀레나 정도면 운이 좋은 편이라 해도 될 것이
다. 영리하고 당찬 소녀 셀레나는 공부도 잘하는 데다
열정을 느끼는 취미도 여럿 있다. 또한 베란처럼 마음
이 통하는 친구를 곁에 두었고, 교장 선생님처럼 힘이
되어 주는 어른도 자기 편이다. 정육점에서 살아야 한
다는 건 좀 별로일 것 같지만, 더는 견딜 수 없을 때
고모네 집으로 도망칠 수도 있다. 그런데도 언뜻 세상
에 대해 불평불만을 늘어놓는 셀레나가 얄미워 보이
기도 한다.

셸레나는 왜 굳이 어려운 길을 가려는 것일까? 유행하는 머리 모양을 하고, 의사나 변호사 같은 직업을 택한다고 큰일이 나는 것도 아닐 텐데. 아니면 부모님이 밀어 주는 대로 예술가가 될 수도 있고 말이다.

그건 아마도 쉬운 길로 가는 것이 처음에는 쉬울 수도 있지만, 그에 따른 대가를 언젠가는 치러야 한다는 사실을 잘 알기 때문이리라. 평온하게 살아가던 셸레나의 부모님이 마흔 번째 생일을 맞이한 뒤, 우울한 시기를 보냈던 것도 쉬운 선택의 부작용이었을지 모른다. 반대로 베란이 따뜻한 건물 안에 머무는 특권을 거절한 대신 친구 셸레나와 함께 보내는 시간을 얻은 것처럼, 잠깐의 안락함을 거부한 선택에는 나름의 보상이 따르는 법이다.

셸레나가 복잡한 길을 가기로 결심한 것과 같이 어떤 직업을 택할지 결정하는 것보다 더 중요한 일은 어떤 태도로 인생을 살아갈지 결정하는 일이다. 사실 어떤 분야에서 재능이 대단히 뛰어나거나 어렸을 때부터 한 가지 일에 불타는 열정을 품는 사람은 무척 드물다. 사람들은 보통 평범한 직업을 갖고 하루하루 열심히 살아갈 뿐이며, 그건 그대로 훌륭한 일이다. 하지만 그와는 별개로 내가 어떤 사람인지 고민하고 나다움을 찾는 것은 무척 중요하다.

내가 좋아하는 것, 내가 아름답다고 생각하는 것들을 곁에 두어야, 누구에게나 찾아오는 힘든 시기가 왔을 때 거기서 숨을 돌리며 자기 자신을 잃지 않고 버텨 나갈 수 있기 때문이다. 바로 보이지 않는 자루를 꽉꽉 채워 두는 것처럼.

예술은 바로 그럴 때 필요한 것이 아닐까? 예술가는 훌륭한 그림을 그리거나 악기를 환상적으로 다루는 사람이 아니라, 자기가 어떤 사람인지 끊임없이 고민하고 스스로를 표현하는 사람을 가리키는지도 모른다. 베란이 셀레나에게 "너한테는 뭔가 예술적인 끼가 있어."라고 말한 것이나, 셀레나가 교장 선생님이 예술가의 이미지에 딱 들어맞는 사람이라고 생각한 것은 바로 이런 의미에서다.

예술적인 태도는 우리 모두에게 필요하며, 우리는 누구나 예술가가 되어야 한다.

그러고 보면 자의 반, 타의 반으로 끊임없이 자기 자신에 대해 고민하고 표현하는 청소년만큼 예술가에 가까운 사람도 없을 것이다. 정작 이 이야기를 읽어야 하는 사람은 부모님일 듯하다. 부모는 자식을 보고 얘가 당최 생각이 있는 앤지 없는 앤지 모르겠다고 말하지만, 셀레나의 부모님처럼 자기 자식을 잘 모르고 하시는 말씀.

혹시 부모님이 작가가 살짝 비꼰 유머를 이해하지 못하고 "그것 봐라, 넌 평범한 부모를 둬서 얼마나 좋으니?"라고 말한다 해도, 셀레나처럼 인내심을 갖고 부모님을 이해해 보자. 여러분은 열린 마음을 지닌 예술가이니까.

배형은

멋진 제목을 준 콜린,

그리고 함께 있어 준 친구들에게 감사를